Luca's Bridge
El puente de Luca

✧ story by Mariana Llanos ✧
illustrations by Anna López Real

penny
candy
BOOKS

Penny Candy Books
Oklahoma City & Savannah

Text © 2019 Mariana Llanos
Illustrations © 2019 Anna López Real

 This book is printed on paper certified to the environmental and social standards of the Forest Stewardship Council™ (FSC®).

Photo of Mariana Llanos: Claudia Saravia
Photo of Anna López Real: Aldo Mosqueda
Design: Shanna Compton

23 22 21 20 19   1 2 3 4 5
ISBN-13: 978-0-9987999-5-7 (hardcover)

Small press. Big conversations.
www.pennycandybooks.com

For those who've had the courage to emigrate.
Para aquellos que han tenido el coraje de emigrar.

Sometimes the only way to go back home is to fly . . .
Hay veces en que volar es la única forma de volver al hogar . . .

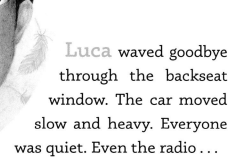

Luca waved goodbye through the backseat window. The car moved slow and heavy. Everyone was quiet. Even the radio . . .

. . . until Mami broke the silence. "We'll get used to it. We'll have a good life."

"But I'm going to miss my friends!" cried Luca, holding his trumpet tight.

Luca se despidió por la ventana trasera. El auto echó a andar, lento y pesado. Callaban todos, incluso la radio . . .

. . . hasta que mami rompió el silencio:

—Nos acostumbraremos. Tendremos una buena vida.

—Pero . . . ¡voy a extrañar a mis amigos! —lloró Luca abrazando su trompeta.

"Mami and I don't have the papers we need to stay here," Papi said, his voice shaking. "We have to go back to Mexico if we want to stay together . . ."

✦

—Ni mami ni yo tenemos los papeles para seguir trabajando aquí, hijo —dijo papi. La voz le temblaba. —Tenemos que irnos a México si queremos estar juntos . . .

Papi had said the same the day he received the letter that made him and Mami cry.

"They don't want us here!" yelled Luca's older brother, Paco.

"You are both citizens. You can come back when you're older if you want . . . but not us." Mami could not hide the sadness in her voice.

Papi había dicho exactamente lo mismo el día que recibió la carta, esa carta que los hizo a él y a mami llorar.

—¡Nos están botando de acá! —gritó Paco, el hermano mayor.

—Ustedes son ciudadanos. Podrán regresar algún día, cuando sean grandes, pero no nosotros.

Mami no podía esconder la tristeza en su voz.

"Do you think my friends will visit?" asked Luca.
Mami didn't answer.

—¿Me visitarán mis amigos? —preguntó Luca.
Mami no contestó.

Luca looked out the window and imagined himself flying with a flock of birds.

The highway stretched long and thin for a while. Then it looped and soared like a roller coaster. A line of languid trucks traveled on the other side. *Are they going home?* Luca wondered.

Luca miró el paisaje afuera de su ventana y se imaginó volando con una bandada de aves.

La carretera se estiraba, larga y angosta. Luego se daba la vuelta y subía como una montaña rusa. Una fila de camiones lánguidos viajaba al otro lado de la pista.

—¿Estarán yendo a casa? —pensó Luca.

"This is it," Papi said, and he squeezed Mami's hand. Luca felt their hearts were squeezing too.

Luca could see a bridge in the distance. A cloud covered the sky. Everything had turned gray and scary, even the guards.

—Aquí estamos —dijo papi y estrujó la mano de mami. Luca sintió que sus corazones también se estrujaban.

Luca veía un puente a la distancia. Una nube cubría el cielo. Todo se había vuelto gris, todo daba miedo, incluso los guardias.

"But I can't even speak Spanish! How will I make friends?" Luca cried. His tears slid down his cheeks and puddled on the shiny brass of his trumpet. Luca sobbed quietly until he ran out of tears.

Luca rompió en llanto.

—¡Pero ni siquiera sé hablar español! ¿Cómo voy a hacer amigos?

Sus lágrimas resbalaron por sus mejillas y se empozaron en el brillante metal de su trompeta. Luca lloró en silencio hasta que se le acabaron las lágrimas.

Grandma's house sat atop a hill. The furniture was patched and mismatched. But Grandma's smile warmed up the small home like a fireplace.

"Are we all going to sleep here?" asked Luca, surprised.

La casa de la abuela quedaba en la cima de la colina. Sus muebles lucían gastados y llenos de parches, pero su sonrisa irradiaba tanto calor como el fuego en la chimenea.

—¿Dormiremos todos juntos? —preguntó Luca con asombro.

Papi nodded. "I'll find a job. Hopefully soon, you and Paco will have your own bedroom."

At supper, Grandma said, "Donde come uno, comen dos." She served black beans and rice from a small pot.

"Where one eats, two can eat too," Mami repeated so Luca and Paco could understand.

Grandma's pot must be magical to feed all of us with so little, Luca thought.

Papi asintió.

—Buscaré trabajo. Con suerte, tú y Paco podrán tener una habitación pronto.

A la hora de la cena, la abuela dijo:

—Donde come uno comen dos.

Y les sirvió frijoles negros y arroz de una olla pequeñita.

Mami repitió en inglés: —Where one eats, two can eat too —para que Luca y Paco entendieran.

—La olla de la abuela debe ser mágica para alimentarnos a todos con tan poco —pensó Luca.

Luca opened a window and smelled the salty air. The streets narrowed and twisted like a ribbon. A tiny flycatcher perched on a power line like a lone musical note on a staff. The radio played the notes of an upbeat song. Luca had heard Mami sing this song before. He tapped his fingers to the rhythm and glanced at his trumpet. He reached for it, but Mami said,

"No music now, hijito. We've had a long day. It's time for bed."

Luca abrió la ventana e inhaló el aire salado. Las calles se daban vueltas como una serpentina. Un pajarito se paró en el cable de electricidad como una nota musical en un pentagrama. En la radio tocaban una canción alegre. Luca había oído a mami cantar esta canción alguna vez. Siguió el ritmo dando golpecitos con los dedos, luego estiró la mano para agarrar su trompeta, pero mami lo interrumpió.

—No es hora de música, hijito. Hemos tenido un día largo. Vamos a dormir.

Luca lay down on his new bed. He yawned, and his eyelids felt heavy. Everything around him faded into a lazy swirl.

"Good noches, trumpet," he mumbled.

Luca se recostó en su nueva cama. Bostezó y sintió los párpados caer pesadamente, mientras todo a su alrededor se esfumaba en un remolino perezoso.

—Good noches, trompeta —murmuró Luca.

Something cold and smooth poked his arm. He opened his eyes, astonished. It was his trumpet! He played a note, and his body began to float. Then another note and another until he was flying out the window and through town. And then the strangest thing happened.

Algo frio y duro le golpeó el brazo. Luca abrió los ojos, asombrado. ¡Era su trompeta! Tocó una nota y su cuerpo comenzó a flotar. Luego otra y otra hasta que flotó por la ventana y sobrevoló el pueblo. Y luego sucedió una cosa de lo más extraña.

Luca's music formed a bridge that took him all the way back home.

La música de Luca formó un puente que lo llevó de regreso a casa.

Papi's ice cream truck was still parked on the street in front of their old apartment. Luca's climbing tree and his bicycle waited motionless, longing for adventure.

El camión de helados de papi seguía estacionado en la calle frente a su antiguo departamento. El árbol de Luca y su bicicleta esperaban suspendidos en el tiempo, extrañando la aventura.

Luca played his trumpet, and he drifted in the air again all the way to his school. His friends poured out of their classroom, waving. Luca blew the happy notes of the song he had heard on the radio, the one Mami sometimes hummed. His friends clapped and cheered as Luca led the marching band. He pirouetted in the air, and he laughed, laughed, laughed.

Luca tocó la trompeta, se elevó nuevamente, y esta vez llegó a su escuela. Sus amigos salieron corriendo de sus salones a saludarlo con las manos. Luca sopló las notas alegres de la canción de la radio, la que también cantaba mami. Sus amigos aplaudían y celebraban mientras Luca guiaba a la banda desde el aire. Luca pirueteaba libremente mientras reía, reía, reía.

His laughter woke his family, back in Grandma's old house. Their puzzled eyes were fixed on him.

"I just went home!" he said, and told them about it. Then, through fits of laughter, he grabbed his trumpet and played it just like in his dream.

And because happy laughter is contagious, Paco started to laugh, and then Mami, and Papi, and Grandma.

Hasta que su risa despertó a su familia en la casita vieja de la abuela. Todos lo miraron con ojos confundidos.

—¡Regresé a casa! —dijo Luca y les contó sobre su viaje. Luego se llevó la trompeta a la boca, tocando como lo hizo en su sueño.

Y, como la risa de felicidad es contagiosa, Paco empezó a reír también y luego mami y papi y la abuela.

To Luca, their laughter sounded like music from the radio, and it rang through the air all the way across the border like a bridge to their home, where their hearts still lived.

A Luca, la risa de su familia le sonaba como la música de la radio. Redoblaba jubilosa en el viento y cruzaba sobre la frontera como un puente que se extendía hasta su otro hogar, donde sus corazones aún vivían.

Their eyes sparkled. And for a moment, their sadness seemed to fly away through the open window.

Los ojos les brillaban, y por ese momento, su tristeza salió volando por la ventana abierta.

AUTHOR'S NOTE

Writing a story about immigration is not easy. Immigration is a subject that sparks strong emotions. Some people are in favor of immigration, others are against it. Most immigrants leave their country to look for a better, safer future for themselves or for their children. Some people have the fortune to do it legally. Others don't.

As I wrote this story, I was thinking about the families in the same situation as Luca's family: parents who do not have authorization to live in the United States but whose children are citizens. When some of these parents are caught working without authorization, they are forced to leave, in a process that is called **deportation**. Thousands of families are separated each year. Sometimes, they're given the option of voluntary deportation, which means they agree to pack their belongings and leave.

Some parents leave their children in the care of relatives, hoping to reunite in the future. In the case of Luca and his parents, they decide to stick together, even though that means living in uncertainty and poverty.

As an immigrant myself, I am touched by the stories of other immigrants. I understand the choice to leave your homeland behind for a better, or different, life. I also believe there has to be a fair and compassionate way to solve our disagreements about immigration and thus prevent millions of people from living in constant fear of deportation.

Imagine for a minute you are Luca. Get in his car, wave goodbye to his friends, play his trumpet, dream of going home. What would you say then?

Escribir una historia sobre inmigración no es tarea fácil. El tema de inmigración despierta opiniones fuertes, algunas a favor y otras en contra. La mayor parte de inmigrantes deja sus países de origen buscando un futuro más seguro y con más oportunidades para ellos y sus hijos. Algunas personas tienen la fortuna de inmigrar legalmente, pero otras no.

Mientras escribía esta historia pensaba en las familias que se encuentran en la misma situación que la familia de Luca: padres que no tienen autorización legal para vivir en los Estados Unidos, cuyos hijos son ciudadanos estadounidenses. Algunas veces, estos padres son atrapados trabajando sin autorización y se les obliga a dejar a dejar el país. Este proceso se llama **deportación**. Miles de familias son separadas cada año de esta manera. A veces, el gobierno les da la opción de deportación voluntaria, es decir, les permite empacar sus cosas e irse por su cuenta.

Algunos padres en esta situación dejan a sus hijos con familiares o amigos esperando volver a reunirse en un futuro. En el caso de Luca y su familia, ellos deciden irse todos juntos, aunque eso signifique vivir en pobreza e incertidumbre.

Quizá porque también soy inmigrante me conmueven mucho las historias de otros inmigrantes y entiendo la decisión de dejar sus países de origen por una vida mejor o diferente. También creo que debe haber una solución justa y compasiva para resolver nuestros desacuerdos y así evitar que millones de personas sigan viviendo en constante miedo de deportación.

Imagina por un momento que eres Luca. Sube a su auto, despídete de sus amigos, toca su trompeta, sueña con regresar a casa. ¿Qué dirías entonces?

Born in Lima, Peru, to two journalists, **Mariana Llanos** developed an early passion for writing. She studied theater in the prestigious CuatroTablas school in Lima. She has lived in Oklahoma since 2002. In 2013, Mariana self-published her first book, *Tristan Wolf*, which was a finalist in the 2013 Readers' Favorite Book Award. Since then, she has published seven books independently in English and Spanish, and through virtual technology has chatted

Hija de periodistas y nacida en Lima, Perú, **Mariana Llanos** desarrolló una pasión temprana por la escritura. Estudió teatro en la prestigiosa escuela Cuatrotablas de Lima. Vive en Oklahoma desde el año 2002. En el 2013 publicó su primer libro, *Tristan Wolf*, el cual fue finalista de los premios Readers' Favorite. Desde entonces ha publicado varios libros independientemente en inglés y en español, y gracias a la tecnología virtual ha visitado estudiantes de

with students from more than 150 schools around the world to promote literacy. In December 2017, she was recognized with a Human Rights Award by the United Nations Association of Oklahoma City and the Human Rights Alliance of Oklahoma for her work promoting literacy.

más de 150 escuelas alrededor del mundo para promover el amor a la lectura. En diciembre del 2017 se el otorgó el Premio a los Derechos Humanos de la Asociación de la Naciones Unidas de Oklahoma City y la Alianza de Derechos Humanos por su trabajo incentivando la lectura.

Anna López Real is a freelance illustrator from Guadalajara, Mexico. She spent her early years in a small town with a big lake, in a bilingual home full of books, movies, diverse music, and art. She has a BD in Graphic Design from Universidad de Guadalajara. Since she was young, she has needed to feel colors, shadows, textures, and shapes with her own hands, which inspired her to use traditional techniques. She is also the cofounder of a stationary

Anna López Real es una ilustradora 'freelancer' nacida en Guadalajara, México. Pasó sus primeros años en un pequeño pueblo, en un hogar bilingüe rodeada de libros, películas, música diversa y arte. Se graduó de la Universidad de Guadalajara con un bachillerato en Diseño Gráfico. Desde joven sintió la necesidad de experimentar con colores, texturas y formas con sus propias manos, lo que la inspiró a usar técnicas tradicionales. También es cofundadora de una

company. Her favorite place is the beach, and she loves to read and hang out with her family and her cats and dogs. She is passionate about human rights, animal rights, and has a great love for nature.

empresa de tarjetería personal. Su lugar favorito es la playa, y le encanta leer y pasar tiempo con su familia, la cual incluye sus perros y gatos. Anna es una apasionada de los derechos humanos, los derechos de los animales, y tiene un gran amor por la naturaleza.